Je suis capable!

C'est l'Halloween!

Pour mes deux petits vikings

Catalogage avant publication de Bibliothèque et Archives Canada

Pelletier, Dominique, 1975-, auteur, illustrateur
C'est l'Halloween! / Dominique Pelletier.

(Je suis capable!)
ISBN 978-1-4431-3852-9 (couverture souple)

1. Halloween--Ouvrages pour la jeunesse. I. Titre.
GT4965.P45 2014   j394.2646   C2014-902165-8

Édition publiée par les Éditions Scholastic, 604, rue King Ouest, Toronto (Ontario) M5V 1E1.

5 4 3 2 1   Imprimé au Canada 119   14 15 16 17 18

Je suis capable!

C'est l'Halloween!

Dominique Pelletier

Éditions
MSCHOLASTIC

Je m'appelle Gustave...

Je m'appelle Olivia...

Et je peux

Préparer la citrouille?

Je suis capable!

Décorer la maison?

Je suis capable!

Me déguiser?

Je suis capable!

Faire mon maquillage?

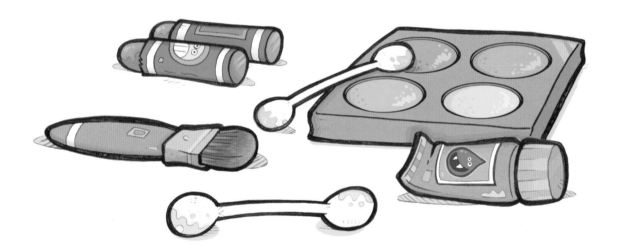

Je suis capable!

Être courageux?

Je suis capable!

Ramasser des bonbons?

Je suis capable!

Partager mes friandises?

Je suis capable!

Nous pouvons tout faire!

Sauf manger tous nos bonbons!